Lieder

Gotthold Ephraim Lessing

Herausgeber: Culturea (34, Hérault)
Druck: BOD - In de Tarpen 42, Norderstedt (Deutschland)
Website: http://culturea.fr
Kontakt: infos@culturea.fr
ISBN:9791041949502
Veröffentlichungsdatum: FEBRUAR 2023
Layout und Design: https://reedsy.com/
Dieses Buch wurde mit der Schriftart Bauer Bodoni gesetzt.

ER WIRT MIR GEBEN

An die Leier

Töne, frohe Leier,

Töne Lust und Wein!

Töne, sanfte Leier,

Töne Liebe drein!

Wilde Krieger singen,

Haß und Rach' und Blut

In die Laute singen,

Ist nicht Lust, ist Wut.

Zwar der Heldensänger

Sammelt Lorbeern ein;

Ihn verehrt man länger.

Lebt er länger? Nein.

Er vergräbt im Leben

Sich in Tiefsinn ein:

Um erst dann zu leben,

Wann er Staub wird sein.

Lobt sein göttlich Feuer,

Zeit und Afterzeit!

Und an meiner Leier

Lobt die Fröhlichkeit.

Die Namen

Ich fragte meine Schöne:

Wie soll mein Lied dich nennen?

Soll dich als Dorimene,

Als Galathee, als Chloris,

Als Lesbia, als Doris,

Die Welt der Enkel kennen?

Ach! Namen sind nur Töne:

Sprach meine holde Schöne.

Wähl' selbst. Du kannst mich Doris,

Und Galathee und Chloris,

Und wie du willst mich nennen;

Nur nenne mich die Deine.

Die Küsse

Ein Küßchen, das ein Kind mir schenket,
Das mit den Küssen nur noch spielt,
Und bei dem Küssen noch nichts denket,
Das ist ein Kuß, den man nicht fühlt.

Ein Kuß, den mir ein Freund verehret,
Das ist ein Gruß, der eigentlich
Zum wahren Küssen nicht gehöret:
Aus kalter Mode küßt er mich.

Ein Kuß, den mir mein Vater gibet,
Ein wohlgemeinter Segenskuß,
Wenn er sein Söhnchen lobt und liebet,
Ist etwas, das ich ehren muß.

Ein Kuß von meiner Schwester Liebe
Steht mir als Kuß nur so weit an,
Als ich dabei mit heißerm Triebe
An andre Mädchen denken kann.

Ein Kuß, den Lesbia mir reichet,

Den kein Verräter sehen muß,

Und der dem Kuß der Tauben gleichet;

Ja, so ein Kuß, das ist ein Kuß.

Die Gewißheit

Ob ich morgen leben werde,

Weiß ich freilich nicht:

Aber, wenn ich morgen lebe,

Daß ich morgen trinken werde,

Weiß ich ganz gewiß.

Die Betrübnis

Der Dichter und sein Freund

Der Freund

Freund! welches Unglück, welche Reue
Macht dir so bittern Schmerz?

Der Dichter

Ach Freund! sie flieht, die Ungetreue!
Und sie besaß mein Herz.

Der Freund

Um eine Falsche dich betrüben?
Du bist ja klug genug.

Der Dichter

O schweig! das heißt nicht lieben,

Läßt uns die Liebe klug.

Antwort eines trunknen Dichters

Ein trunkner Dichter leerte

Sein Glas auf jeden Zug;

Ihn Warnte sein Gefährte:

Hör' auf! du hast genug.

Bereit vom Stuhl zu sinken,

Sprach der: Du bist nicht klug;

Zu viel kann man wohl trinken,

Doch nie trinkt man genug.

Das aufgehobene Gebot

Elise

Siehst du Wein im Glase blinken,

Lerne von mir deine Pflicht:

Trinken kannst du, du kannst trinken;

Doch betrinke dich nur nicht.

Lysias

Wallt dein Blut von Jugendtrieben,

Lerne von mir deine Pflicht:

Lieben kannst du, du kannst lieben;

Doch verliebe dich nur nicht.

Elise

Bruder! ich mich nicht verlieben?

Lysias

Schwester! ich mich nicht betrinken?

Elise

Wie verlangst du das von mir?

Lysias

Wie verlangst du das von mir?

Elise

Lieber mag ich gar nicht lieben.

Lysias

Lieber mag ich gar nicht trinken.

Beide

Geh nur, ich erlaub' es dir.

Die Beredsamkeit

Freunde, Wasser machet stumm:

Lernet dieses an den Fischen.

Doch beim Weine kehrt sichs um:

Dieses lernt an unsern Tischen.

Was für Redner sind wir nicht,

Wenn der Rheinwein aus uns spricht!

Wir ermahnen, streiten, lehren;

Keiner will den andern hören.

Die Haushaltung

Zankst du schon wieder? sprach Hans Lau
Zu seiner lieben Ehefrau.
»Versoffner, unverschämter Mann«
Geduld, mein Kind, ich zieh' mich an
»Wo nun schon wieder hin?«
Zu Weine. Zank' du alleine.

»Du gehst? Verdammtes Kaffeehaus!
Ja! blieb' er nur die Nacht nicht aus.
Gott! ich soll so verlassen sein?
Wer pocht? Herr Nachbar? nur herein!
Mein böser Teufel ist zu Weine:
Wir sind alleine.«

Der Regen

Der Regen hält noch immer an!

So klagt der arme Bauersmann;

Doch eher stimm' ich nicht mit ein,

Es regne denn in meinen Wein.

Die Stärke des Weins

Wein ist stärker als das Wasser:

Dies gestehn auch seine Hasser.

Wasser reißt wohl Eichen um,

Und hat Häuser umgerissen:

Und ihr wundert euch darum,

Daß der Wein mich umgerissen?

Der Sonderling

So bald der Mensch sich kennt,
Sieht er, er sei ein Narr;
Und gleichwohl zürnt der Narr,
Wenn man ihn also nennt.

So bald der Mensch sich kennt,
Sieht er, er sei nicht klug;
Doch ists ihm lieb genug,
Wenn man ihn weise nennt.

Ein jeder, der mich kennt,
Spricht: welcher Sonderling!
Nur diesem ists Ein Ding,
Wie ihn die Welt auch nennt.

Der alte und der junge Wein

Ihr Alten trinkt, euch jung und froh zu trinken:

Drum mag der junge Wein

Für euch, ihr Alten, sein.

Der Jüngling trinkt, sich alt und klug zu trinken:

Drum muß der alte Wein

Für mich, den Jüngling, sein.

Die Türken

Die Türken haben schöne Töchter,
Und diese scharfe Keuschheitswächter;
Wer will, kann mehr als Eine frein:
Ich möchte schon ein Türke sein.

Wie wollt' ich mich der Lieb' ergeben!
Wie wollt' ich liebend ruhig leben,
Und Doch sie trinken keinen Wein;
Nein, nein, ich mag kein Türke sein.

Alexander

Der Weise sprach zu Alexandern:
»Dort, wo die lichten Welten wandern,
Ist manches Volk, ist manche Stadt.«
Was tut der Mann von tausend Siegen?
Die Memme weint, daß, dort zu kriegen,
Der Himmel keine Brücken hat.

Ists wahr, was ihn der Weise lehret,
Und finden, was zur Welt gehöret,
Daselbst auch Wein und Mädchen statt:
So lasset, Brüder, Tränen fließen,
Daß, dort zu trinken und zu küssen,
Der Himmel keine Brücken hat.

Die Schöne von hinten

Sieh Freund! sieh da! was geht doch immer
Dort für ein reizend Frauenzimmer?
Der neuen Tracht Vollkommenheit,
Der engen Schritte Nettigkeit,
Die bei der kleinsten Hindrung stocken,
Der weiße Hals voll schwarzer Locken,
Der wohlgewachsne schlanke Leib,
Verrät ein junges art'ges Weib.

Komm Freund! komm, laß uns schneller gehen,
Damit wir sie von vorne sehen.
Es muß, triegt nicht der hintre Schein,
Die Venus oder Phyllis sein.
Komm, eile doch! O welches Glücke!
Jetzt sieht sie ungefähr zurücke.
Was wars, das mich entzückt gemacht?
Ein altes Weib in junger Tracht.

An eine kleine Schöne

Kleine Schöne, küsse mich.

Kleine Schöne, schämst du dich?

Küsse geben, Küsse nehmen,

Darf dich jetzo nicht beschämen.

Küsse mich noch hundertmal!

Küß' und merk' der Küsse Zahl.

Ich will dir, bei meinem Leben!

Alle zehnfach wiedergeben,

Wenn der Kuß kein Scherz mehr ist,

Und du zehn Jahr älter bist.

Nach der 15. Ode Anakreons

Was frag' ich nach dem Großsultan,
Und Mahomets Gesetzen?
Was geht der Perser Schach mich an,
Mit allen seinen Schätzen?

Was sorg' ich ihrer Kriegesart,
Und ihrer Treffen halben?
Kann ich nur meinen lieben Bart
Mit Spezereien salben.

Kann ich nur mein gesalbtes Haupt
Mit Rosen stolz umschließen,
Und, wenn mir sie ein Mädchen raubt,
Das Mädchen strafend küssen.

Ein Tor sorgt für die künft'ge Zeit.
Für heute will ich sorgen.
Wer kennt, mit weiser Gründlichkeit,
Den Ungewissen Morgen?

Was soll ich hier, so lang' ich bin,
Mich um die Zukunft kränken?
Ich will mit kummerlosem Sinn
Auf Wein und Liebe denken.

Denn plötzlich steht er da, und spricht,
Der grimme Tod: »Von dannen!
Du trinkst, du küssest länger nicht!
Trink' aus! küß' aus! Von dannen!«

Das Paradies

Sein Glück für einen Apfel geben,

O Adam, welche Lüsternheit!

Statt deiner hätt' ich sollen leben,

So wär' das Paradies noch heut.

Wie aber, wenn alsdann die Traube

Die Probefrucht gewesen wär'?

Wie da, mein Freund? Ei nun, ich glaube

Das Paradies wär' auch nicht mehr.

Die Gespenster

Der Alte

O Jüngling! sei so ruchlos nicht,

Und leugne die Gespenster.

Ich selbst sah eins beim Mondenlicht

Aus meinem Kammerfenster,

Das saß auf einem Leichenstein:

Drum müssen wohl Gespenster sein.

Der Jüngling

Ich wende nichts dawider ein;

Es müssen wohl Gespenster sein.

Der Alte

Als meiner Schwester Sohn verschied,
(Das sind nunmehr zehn Jahre!)
Sah seine Magd, die trefflich sieht,
Des Abends eine Bahre,
Und oben drauf ein Totenbein:
Drum müssen wohl Gespenster sein.

Der Jüngling

Ich wende nichts dawider ein;
Es müssen wohl Gespenster sein.

Der Alte

Und als mein Freund im Treffen blieb,
Das Frankreich jüngst verloren,
Hört' seine Frau, wie sie mir schrieb,
Mit ihren eignen Ohren
Zu Mitternacht drei Eulen schrein:
Drum müssen wohl Gespenster sein.

Der Jüngling

Ich wende nichts dawider ein;
Es müssen wohl Gespenster sein.

Der Alte

In meinem Keller selbst gehts um.

Ich hör' oft ein Gesause;

Doch werden die Gespenster stumm,

Ist nur mein Sohn zu Hause.

Denk' nur, sie saufen meinen Wein:

Das müssen wohl Gespenster sein.

Der Jüngling

Ich wende nichts dawider ein;

Doch wünscht' ich eins davon zu sein.

Der Alte

Auch weiß ich nicht, was manche Nacht
In meiner Tochter Kammer
Sein Wesen hat, bald seufzt, bald lacht;
Oft bringt mirs Angst und Jammer.
Ich weiß, das Mädchen schläft allein;
Drum müssen es Gespenster sein.

Der Jüngling

Ich wende nichts dawider ein;
Doch wünscht' ich ihr Gespenst zu sein.

Der trunkne Dichter lobt den Wein

Mit Ehren, Wein, von dir bemeistert,
Und deinem flüß'gen Feu'r begeistert,
Stimm ich zum Danke, wenn ich kann,
Ein dir geheiligt Loblied an.

Doch wie? in was für kühnen Weisen
Werd' ich, o Göttertrank, dich preisen?
Dein Ruhm, hör' ihn summarisch an,
Ist, daß ich ihn nicht singen kann.

Lob der Faulheit

Faulheit, jetzo will ich dir
Auch ein kleines Loblied bringen.
O wie sau er wird es mir,
Dich nach Würden zu besingen!
Doch, ich will mein Bestes tun,
Nach der Arbeit ist gut ruhn.

Höchstes Gut! wer dich nur hat,
Dessen ungestörtes Leben
Ach! ich gähn' ich werde matt
Nun so magst du mirs vergeben,
Daß ich dich nicht singen kann;
Du verhinderst mich ja dran.

Die Faulheit

Fleiß und Arbeit lob' ich nicht.
Fleiß und Arbeit lob' ein Bauer.
Ja, der Bauer selber spricht,
Fleiß und Arbeit wird ihm sauer.
Faul zu sein, sei meine Pflicht;
Diese Pflicht ermüdet nicht.

Bruder, laß das Buch voll Staub.
Willst du länger mit ihm wachen?
Morgen bist du selber Staub!
Laß uns faul in allen Sachen,
Nur nicht faul zu Lieb' und Wein,
Nur nicht faul zur Faulheit sein.

Die Planetenbewohner

Mit süßen Grillen sich ergötzen,
Einwohner in Planeten setzen,
Eh man aus sichern Gründen schließt,
Daß Wein in den Planeten ist:
Das heißt zu früh bevölkern.

Freund, bringe nur zuerst aufs reine,
Daß in den neuen Welten Weine,
Wie in der, die wir kennen, sind:
Und glaube mir, dann kann ein Kind
Auf seine Trinker schließen.

Der Geschmack der Alten

Ob wir, wir Neuern, vor den Alten
Den Vorzug des Geschmacks erhalten,
Was les't ihr darum vieles nach,
Was der und jener Franze sprach?
Die Franzen sind die Leute nicht,
Aus welchen ein Orakel spricht.

Ich will ein neues Urteil wagen.
Geschmack und Witz, es frei zu sagen,
War bei den Alten allgemein.
Warum? sie tranken alle Wein.
Doch ihr Geschmack war noch nicht fein;
Warum? sie mischten Wasser drein.

Die lügenhafte Phyllis

Mein Dämon spricht:
Kind, lüge nicht!
Sonst werd' ich strafen müssen,
Und dich zur Strafe küssen.
Er droht mir, sieht verdrüßlich aus,
Und strafet mich schon im voraus.

Sonst log ich nicht.
Nun seit er spricht:
Du sollst mir fein mit Küssen
Die losen Lügen büßen,
Red' ich kein wahres Wörtchen mehr.
Nun, Schwestern, sagt, wo kömmt das her?

Die sieben und vierzigste Ode Anakreons

Alter tanze! Wenn du tanzest,
Alter, so gefällst du mir!
Jüngling, tanze! Wenn du tanzest,
Jüngling, so gefällst du mir.

Alter, tanze, trotz den Jahren!
Welche Freude, wenn es heißt:
Alter, du bist alt an Haaren,
Blühend aber ist dein Geist!

Nachahmung dieser Ode

Jüngling, lebst du nicht in Freuden,
Jüngling, o, so haß' ich dich!
Alter, lebst du nicht in Freuden,
Alter, o so haß' ich dich!

Jüngling, trauerst du in Jahren,
Wo die Pflicht sich freuen heißt?
Schäme dich! so frisch an Haaren,
Jüngling, und so schwach an Geist!

Der Wunsch

Wenn ich, Augenlust zu finden,
Unter schatticht kühlen Linden
Schielend auf und nieder gehe,
Und ein häßlich Mädchen sehe,
Wünsch' ich plötzlich blind zu sein.

Wenn ich, Augenlust zu finden,
Unter schatticht kühlen Linden
Schielend auf und nieder gehe,
Und ein schönes Mädchen sehe,
Möcht' ich lauter Auge sein.

Der größte Mann

Laßt uns den Priester Orgon fragen:
Wer ist der größte Mann?
Mit stolzen Mienen wird er sagen:
Wer sich zum kleinsten machen kann.

Laßt uns den Dichter Kriton hören:
Wer ist der größte Mann?
Er wird es uns in Versen schwören:
Wer ohne Mühe reimen kann.

Laßt uns den Hofmann Damis fragen:
Wer ist der größte Mann?
Er bückt sich lächelnd; das will sagen:
Wer lächeln und sich bücken kann.

Wollt ihr vom Philosophen wissen,
Wer ist der größte Mann?
Aus dunkeln Reden müßt ihr schließen:
Wer ihn verstehn und grübeln kann.

Was darf ich jeden Toren fragen:
Wer ist der größte Mann?
Ihr seht, die Toren alle sagen:
Wer mir am nächsten kommen kann.

Wollt ihr den klügsten Toren fragen:
Wer ist der größte Mann?
So fraget mich; ich will euch sagen:
Wer trunken sie verlachen kann.

Der Irrtum

Den Hund im Arm, mit bloßen Brüsten,
Sah Lotte frech herab.
Wie mancher ließ sichs nicht gelüsten,
Daß er ihr Blicke gab.

Ich kam gedankenvoll gegangen
Und sahe steif heran.
Ha! denkt sie, der ist auch gefangen,
Und lacht mich schalkhaft an.

Allein, gesagt zur guten Stunde,
Die Jungfer irrt sich hier.
Ich sah nach ihrem bunten Hunde:
Es ist ein artig Tier.

An den Wein

Wein, wenn ich dich jetzo trinke,

Wenn ich dich als Jüngling trinke,

Sollst du mich in allen Sachen

Dreist und klug, beherzt und weise,

Mir zum Nutz, und dir zum Preise,

Kurz, zu einem Alten machen.

Wein, werd' ich dich künftig trinken,

Werd' ich dich als Alter trinken,

Sollst du mich geneigt zum Lachen,

Unbesorgt für Tod und Lügen,

Dir zum Ruhm, mir zum Vergnügen,

Kurz, zu einem Jüngling machen.

Phyllis an Damon

Lehre mich, o Damon, singen,

Singen, wie du trunken singst.

Laß auch mich dir Lieder bringen,

Wie du mir begeistert bringst.

Wie du mich willst ewig singen,

Möcht' auch ich dich ewig singen.

Durch des Weines Feuerkräfte,

Nur durch sie singst du so schön.

Aber diese Göttersäfte

Darf ich schmachtend nur besehn.

Dir riet Venus Wein zu trinken,

Mir riet sie, ihn nicht zu trinken.

Was wird nun mein Lied beleben,

Kann es dieser Trank nicht sein?

Wie? Du willst mir Küsse geben?

Küsse, feuriger, als Wein?

Damon, ach! nach deinen Küssen

Werd' ich wohl verstummen müssen.

Für wen ich singe

Ich singe nicht für kleine Knaben,
Die voller Stolz zur Schule gehn,
Und den Ovid in Händen haben,
Den ihre Lehrer nicht verstehn.

Ich singe nicht für euch, ihr Richter,
Die ihr voll spitz'ger Gründlichkeit
Ein unerträglich Joch dem Dichter,
Und euch die Muster selber seid.

Ich singe nicht den kühnen Geistern,
Die nur Homer und Milton reizt;
Weil man den unerschöpften Meistern
Die Lorbeern nur umsonst begeizt.

Ich singe nicht, durch Stolz gedrungen,
Für dich, mein deutsches Vaterland.
Ich fürchte jene Lästerzungen,
Die dich bis an den Pol verbannt.

Ich singe nicht für fremde Reiche.
Wie käm' mir solch ein Ehrgeiz ein?
Das sind verwegne Autorstreiche.
Ich mag nicht übersetzet sein.

Ich singe nicht für fromme Schwestern,
Die nie der Liebe Reiz gewinnt,
Die, wenn wir munter singen, lästern,
Daß wir nicht alle Schmolcken sind.

Ich singe nur für euch, ihr Brüder,
Die ihr den Wein erhebt, wie ich.
Für euch, für euch sind meine Lieder.
Singt ihr sie nach: o Glück für mich!

Ich singe nur für meine Schöne,

O muntre Phyllis, nur für dich.

Für dich, für dich sind meine Töne.

Stehn sie dir an, so küsse mich.

Die schlafende Laura

Nachlässig hingestreckt,
Die Brust mit Flor bedeckt,
Der jedem Lüftchen wich,
Das säuselnd ihn durchstrich,
Ließ unter jenen Linden
Mein Glück mich Lauren finden.
Sie schlief, und weit und breit
Schlug jede Blum' ihr Haupt zur Erden,
Aus mißvergnügter Traurigkeit,
Von Lauren nicht gesehn zu werden.
Sie schlief, und weit und breit
Erschallten keine Nachtigallen,
Aus weiser Furchtsamkeit,
Ihr minder zu gefallen,
Als ihr der Schlaf gefiel,
Als ihr der Traum gefiel,
Den sie vielleicht jetzt träumte,
Von dem, ich hoff' es, träumte,

Der staunend bei ihr stand,

Und viel zu viel empfand,

Um deutlich zu empfinden,

Um noch es zu empfinden,

Wie viel er da empfand.

Ich ließ mich sanfte nieder,

Ich segnete, ich küßte sie,

Ich segnete, und küßte wieder:

Und schnell erwachte sie.

Schnell taten sich die Augen auf.

Die Augen? nein, der Himmel tat sich auf.

Der Donner

Es donnert! Freunde, laßt uns trinken!

Der Frevler und der Heuchler Heer

Mag knechtisch auf die Kniee sinken.

Es donnert! Macht die Gläser leer!

Laßt Nüchterne, laßt Weiber zagen!

Zeus ist gerecht, er straft das Meer:

Sollt' er in seinen Nektar schlagen?

Der müßige Pöbel

Um einen Arzt und seine Bühne

Stand mit erstaunungsvoller Miene

Die leicht betrogne Menge

In lobendem Gedränge.

Ein weiser Trinker ging vorbei,

Und schriee: welche Polizei!

So müßig hier zu stehen?

Kann nicht das Volk zu Weine gehen?

Die Musik

Ein Orpheus spielte; rings um ihn,
Mit lauschendem Gedränge,
Stand die erstaunte Menge,
Durchs Ohr die Wollust einzuziehn.
Ein Trinker kam von ungefähr,
Und taumelte den Weg daher.
Schnell faßt' er sich, blieb horchend stehn,
Und ward entzückt, und schriee: schön!
So schön, als wenn bei meinem wackern Wirte
Das helle Paßglas klirrte!

An den Horaz

Horaz, wenn ich mein Mädchen küsse,
Entflammt von unserm Gott, dem Wein,
Dann seh ich, ohne kritsche Schlüsse,
Dich tiefer als zehn Bentleys ein.

Dann fühl' ich sie, die süßen Küsse,
Die ein barbarscher Biß verletzt,
Sie, welche Venus, nebst dem Bisse,
Mit ihres Nektars Fünfteil netzt.[1]

Dann fühl' ich, mehr als ich kann sagen,
Die Göttin, durch die Laura küßt,
Wie sie sich Amathunts entschlagen,
Und ganz in mich gestürzet ist.[2]

Sie herrscht im Herzen, sie gebietet;

Und Laura löscht die Phyllis aus.

Sie herrscht im Herzen? nein, sie wütet;

Denn Laura hält mich ab vom Schmaus.

Fußnoten

1 dulcia barbare

Laedentem oscula, quæ Venus

Quineta parte sui Nectaris imbuit.

2 in me tota ruens Venus Cyprum deseruit.

Niklas

Mein Esel sicherlich

Muß klüger sein, als ich.

Ja, klüger muß er sein!

Er fand sich selbst in Stall hinein,

Und kam doch von der Tränke.

Man denke!

Die Küsse

Der Neid, o Kind,

Zählt unsre Küsse:

Drum küß' geschwind

Ein Tausend Küsse;

Geschwind du mich,

Geschwind ich dich!

Geschwind, geschwind,

O Laura, küsse

Manch Tausend Küsse:

Damit er sich

Verzählen müsse.

Der schwörende Liebhaber

Ich schwör' es dir, o Laura, dich zu hassen;

Gerechten Haß schwör' ich dir zu.

Ich schwör' es allen Schönen, sie zu hassen;

Weil alle treulos sind, wie du.

Ich schwör' es dir, vor Amors Ohren,

Daß ich ach! daß ich falsch geschworen.

Trinklied

Voll, voll, voll,

Freunde, macht euch voll!

Wein, Wein, Wein,

Freunde, schenkt ihn ein!

Küßt, küßt, küßt,

Die euch wieder küßt!

Voll von Wein,

Voll von Liebe,

Voll von Wein und Liebe,

Freunde, voll zu sein,

Küßt und schenket ein!

Der Verlust

Alles ging für mich verloren,

Als ich Sylvien verlor.

Du nur gingst nicht mit verloren,

Liebe, da ich sie verlor!

Der Genuß

So bringst du mich um meine Liebe,

Unseliger Genuß? Betrübter Tag für mich!

Sie zu verlieren, meine Liebe,

Sie zu verlieren, wünscht' ich dich?

Nimm sie, den Wunsch so mancher Lieder,

Nimm sie zurück, die kurze Lust!

Nimm sie, und gib der öden Brust,

Der ewig öden Brust, die beßre Liebe wieder!

Das Leben

Sechs Tage kannt' ich sie,

Und liebte sie sechs Tage.

Am siebenten erblaßte sie,

Dem ersten meiner ew'gen Klage.

Noch leb' ich, zauderndes Geschick!

Ein pflanzengleiches Leben.

O Himmel, ist für den kein Glück,

Dem du Gefühl und Herz gegeben!

O! nimm dem Körper Wärm' und Blut,

Dem du die Seele schon genommen!

Hier, wo ich wein', und wo sie ruht,

Hier laß den Tod auf mich herab gebeten kommen!

Was hilft es, daß er meine Jahre

Bis zu des Nestors Alter spare?

Ich habe, Trotz der grauen Haare,

Womit ich dann zur Grube fahre,

Sechs Tage nur geliebt,

Sechs Tage nur gelebt.

Die Biene

Als Amor in den goldnen Zeiten
Verliebt in Schäferlustbarkeiten
Auf bunten Blumenfeldern lief,
Da stach den kleinsten von den Göttern,
Ein Bienchen, das in Rosenblättern,
Wo es sonst Honig holte, schlief.

Durch diesen Stich ward Amor klüger.
Der unerschöpfliche Betrüger
Sann einer neuen Kriegslist nach:
Er lauscht' in Rosen und Violen;
Und kam ein Mädchen sie zu holen,
Flog er als Bien' heraus, und stach.

Die Liebe

Ohne Liebe

Lebe, wer da kann.

Wenn er auch ein Mensch schon bliebe,

Bleibt er doch kein Mann.

Süße Liebe,

Mach' mein Leben süß!

Stille nie die regen Triebe

Sonder Hindernis.

Schmachten lassen

Sei der Schönen Pflicht!

Nur uns ewig schmachten lassen,

Dieses sei sie nicht.

Der Tod

Gestern, Brüder, könnt ihrs glauben?
Gestern bei dem Saft der Trauben,
(Bildet euch mein Schrecken ein!)
Kam der Tod zu mir herein.

Drohend schwang er seine Hippe,
Drohend sprach das Furchtgerippe:
Fort, du teurer Bacchusknecht!
Fort, du hast genug gezecht!

Lieber Tod, sprach ich mit Tränen,
Solltest du nach mir dich sehnen?
Sieh, da stehet Wein für dich!
Lieber Tod verschone mich!

Lächelnd greift er nach dem Glase;
Lächelnd macht ers auf der Base,
Auf der Pest, Gesundheit leer;
Lächelnd setzt ers wieder her.

Fröhlich glaub' ich mich befreiet,
Als er schnell sein Drohn erneuet.
Narre, für dein Gläschen Wein
Denkst du, spricht er, los zu sein?

Tod, bat ich, ich möcht' auf Erden
Gern ein Mediziner werden.
Laß mich: ich verspreche dir
Meine Kranken halb dafür.

Gut, wenn das ist, magst du leben:
Ruft er. Nur sei mir ergeben.
Lebe, bis du satt geküßt,
Und des Trinkens müde bist.

O! wie schön klingt dies den Ohren!
Tod, du hast mich neu geboren.
Dieses Glas voll Rebensaft,
Tod, auf gute Brüderschaft!

Ewig muß ich also leben,
Ewig! denn, beim Gott der Reben!
Ewig soll mich Lieb' und Wein,
Ewig Wein und Lieb' erfreun!

Der Faule

Rennt dem scheuen Glücke nach!

Freunde, rennt euch alt und schwach!

Ich nehm' Teil an eurer Müh:

Die Natur gebietet sie.

Ich, damit ich auch was tu,

Seh' euch in dem Lehnstuhl zu.

Der Flor

O Reize voll Verderben!

Wir sehen euch, und sterben.

O Augen, unser Grab!

O Chloris, darf ich flehen?

Dich sicher anzusehen,

Laß erst den Flor herab!

Die wider den Cäsar verschwornen Helden

Cassius. Decimus. Brutus. Cimber

Cassius

Jetzt, Helden, laßt uns rühmlich sterben,
Eh Rom noch Königsfesseln trägt.
Wer sollte nicht mit Lust verderben,
Wenn ihn der Staat mit niederschlägt?

Decimus

Ja aber ohne Rache sterben,
Und ohne Nutz dem Vaterland
Freund, das heißt pöbelhaft verderben.
Und wozu hätt' ich Mut und Hand?

Cassius

O Brutus! voller tiefen Sorgen
Seh' ich dein Herz für Rom zerteilt.
O Freund! noch Einen freien Morgen,
So hat die Knechtschaft uns ereilt.

Brutus

Wenn Cäsar Rom will unterdrücken,
Muß Brutus ihn zur Strafe ziehn.
Ich will den Dolch ins Herz ihm drücken:
Mit Zittern zwar, doch drück' ich ihn.

Cassius

Du? deinem Freunde? Brutus! Götter!
Rom steht, wenn Brutus Brutus ist.
Schon war ein Brutus Roms Erretter;
Komm! zeige, daß du beide bist.

Cimber

Auch ich will alles mit euch wagen;

Auch ich muß ohne König sein.

Denn könnt' ich einen Herrn ertragen,

Ertrüg' ich allererst den Wein.

Die Ente

Ente, wahres Bild von mir,

Wahres Bild von meinen Brüdern!

Ente, jetzo schenk' ich dir

Auch ein Lied von meinen Liedern.

Oft und oft muß dich der Neid

Zechend auf dem Teiche sehen.

Oft sieht er aus Trunkenheit

Taumelnd dich in Pfützen gehen.

Auch ein Tier o das ist viel!

Hält den Satz für wahr und süße,

Daß, wer glücklich leben will,

Fein das Trinken lieben müsse.

Ente, ists nicht die Natur,

Die dich stets zum Teiche treibet?

Ja, sie ists; drum folg' ihr nur.

Trinke, bis nichts übrig bleibet.

Ja, du trinkst und singst dazu.

Neider nennen es zwar schnadern;

Aber, Ente, ich und du

Wollen nicht um Worte hadern.

Wem mein Singen nicht gefällt,

Mag es immer Schnadern nennen.

Will uns nur die neid'sche Welt

Als versuchte Trinker kennen.

Aber, wie betaur' ich dich,

Daß du nur mußt Wasser trinken.

Und wie glücklich schätz' ich mich,

Wenn mir Weine dafür blinken!

Armes Tier, ergib dich drein.

Laß dich nicht den Neid verführen.

Denn des Weins Gebrauch allein

Unterscheidet uns von Tieren.

In der Welt muß Ordnung sein.

Menschen sind von edlern Gaben.

Du trinkst Wasser, und ich Wein;

So will es die Ordnung haben.

Die drei Reiche der Natur

Ich trink', und trinkend fällt mir bei,
Warum Naturreich dreifach sei.
Die Tier' und Menschen trinken, lieben,
Ein jegliches nach seinen Trieben:
Delphin und Adler, Floh und Hund
Empfindet Lieb', und netzt den Mund.
Was also trinkt und lieben kann,
Wird in das erste Reich getan.

Die Pflanze macht das zweite Reich,
Dem ersten nicht an Güte gleich:
Sie liebet nicht, doch kann sie trinken;
Wenn Wolken träufelnd niedersinken,
So trinkt die Zeder und der Klee,
Der Weinstock und die Aloe.
Drum, was nicht liebt, doch trinken kann,
Wird in das zweite Reich getan.

Das Steinreich macht das dritte Reich;

Und hier sind Sand und Demant gleich:

Kein Stein fühlt Durst und zarte Triebe,

Er wächset ohne Trunk und Liebe.

Drum, was nicht hebt noch trinken kann,

Wird in das letzte Reich getan.

Denn ohne Lieb' und ohne Wein,

Sprich, Mensch, was bleibst du noch? Ein Stein.

Das Alter

Nach der eilften Ode Anakreons

Euch, lose Mädchen, hör' ich sagen:

»Du bist ja alt, Anakreon.

Sieh her! du kannst den Spiegel fragen,

Sieh, deine Haare schwinden schon;

Und von den trocknen Wangen

Ist Blut' und Reiz entflohn.«

Wahrhaftig! ob die Wangen

Noch mit dem Lenze prangen,

Wie, oder ob den Wangen

Der kurze Lenz vergangen,

Das weiß ich nicht; doch was ich weiß,

Will ich euch sagen: daß ein Greis,

Sein Bißchen Zeit noch zu genießen,

Ein doppelt Recht hat, euch zu küssen.

An die Schwalbe

Die zwölfte Ode Anakreons

Schwatzhafteste der Schwalben, sprich,
Was tu ich dir? wie straf ich dich?
Soll ich dich um die Schwingen
Mit meiner Schere bringen?
Soll ich, zu deiner Pein,
Ein andrer Tereus sein?
Und willst du gern der Progne gleichen?
Mußt du, zu frühe Schwätzerin,
Mußt du von meiner Schäferin
Mir meinen schönen Traum verscheuchen?

Die Kunstrichter und der Dichter

Die Kunstrichter

Ihr Dichter! seid des Stoffes voll,

Den eure Muse singen soll:

Alsdann gerät das Lied euch wohl.

Der Dichter

Wohl! wohl! ihr Herren Richter, wohl!

Seht her! ich bin des Stoffes voll,

Den meine Muse singen soll;

Ich bin, ich bin des Weines voll:

Und doch gerät kein Lied mir wohl.

Die Kunstrichter

Du bist des Stoffes allzu voll,

Den deine Muse singen soll:

Darum gerät kein Lied dir wohl.

An die Kunstrichter

Schweigt, unberauschte, finstre Richter!

Ich trinke Wein, und bin ein Dichter.

Tut mir es nach, und trinket Wein,

So seht ihr meine Schönheit ein.

Sonst wahrlich, unberauschte Richter,

Sonst wahrlich seht ihr sie nicht ein!